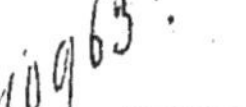

Les Rats
DE MONTFAUCON.

Episode.

PAR R. CHENU.

Sans se plaindre souffrir!... oh non, c'est trop inique!
Bravons plutôt cent fois ce pouvoir tyrannique.
A la force brutale opposons la valeur:
La valeur, c'est la force à quiconque a du cœur!

Prix : 75 centimes.

PARIS,
CHEZ G.-A. DENTU, IMPRIMEUR-LIBRAIRE,
PALAIS-ROYAL, GALERIE VITRÉE, N° 13;
et rue des Beaux-Arts, nos 3 et 5.

1840.

LES RATS
DE MONTFAUCON.

Episode.

PAR R. CHENU.

Sans se plaindre souffrir!... oh non, c'est trop inique!
Bravons plutôt cent fois ce pouvoir tyrannique.
A la force brutale opposons la valeur:
La valeur, c'est la force à quiconque a du cœur!

PARIS,

CHEZ G.-A. DENTU, IMPRIMEUR-LIBRAIRE,
PALAIS-ROYAL, GALERIE VITRÉE, N° 13;
et rue des Beaux-Arts, nos 3 et 5.

1840.

IMPRIMERIE DE G.-A. DENTU,
3 et 5, rue des Beaux-Arts.

LES RATS

DE MONTFAUCON.

I.

Quel tumulte en ces lieux! quelle joie indiscrète
Succède à vos fureurs... et quelle horrible fête!
Vainqueurs de Montfaucon, tyrans qu'un Dieu vengeur
N'a point exterminés après tant de malheurs,
Tant de forfaits divers, de crimes détestables
Dont vous fûtes souillés, vainqueurs abominables,
Quand les cris des mourans, monstres trop inhumains,
Reste d'un peuple entier égorgé par vos mains,
Jusques en vos palais vient frapper vos oreilles,
Pouvez-vous vous livrer à de fêtes pareilles!
Pouvez-vous insulter aux mânes tout sanglans
D'un peuple que le sort respecta deux mille ans,
Et dont votre fureur impitoyable, impie,
Jusqu'au dernier d'entr'eux a disputé la vie!
Oh! que diront un jour les peuples à venir
Lorsque, l'histoire en main, venant à parcourir
De tant de cruautés la page encor sanglante?
Sans doute on les verra, reculant d'épouvante,
Jeter au loin le livre, et tous, pleins de courroux,
Les plaindre et vous maudire: ah! c'est trop peu pour vous.

Vers ces lieux dégoûtans, trop fameux dans l'histoire,

Lieux de sang, lieux d'horreur et de triste mémoire,
Où jadis des humains, dans leurs sombres fureurs,
Des partis malheureux implacables vainqueurs,
Egorgeaient sans pitié les restes sans défense,
Sans pourtant assouvir leur rage, leur vengeance,
Vivait paisiblement tout un peuple de rats.
Vingt siècles avaient vu s'arrondir leurs Etats.
Jamais la république ou d'Athène ou de Rome,
Ni tous ces grands sénats qu'avec pompe on renomme,
N'auraient pu soutenir l'éclat et la splendeur
Dont jouissait en paix ce peuple possesseur
Des vertus qu'ici-bas on admire, on révère.
Jamais les passions qui dépeuplent la terre
N'avaient soufflé chez eux leurs venins destructeurs;
Jamais d'aucun pouvoir, lâches adulateurs,
Aucun d'entr'eux n'avait enhardi la licence:
Tout ce qu'on nous a peint de candeur, d'innocence,
De bonheur et de paix chez le premier humain,
S'était réfugié chez ce peuple bénin.

Contens de leur destin, suivant de la nature
L'instinct qui les guidait et la loi toujours pure,
Nuls regrets, nuls soucis n'effleuraient leurs plaisirs;
Nuls tripots de police entravaient leurs désirs;
Point de roi, point de maître à servir les caprices,
Les désirs effrénés, les sombres injustices;
Point d'esclaves surtout dont l'ample lâcheté,
Dégradant son auteur, souille sa majesté;
Point d'infâmes complots, point de guerres civiles,
Point de tyrans armés, point de sacs dans les villes;
Point de partis à vaincre et de chefs à punir;
Point de cachots infects, d'où l'on ne peut sortir;

Point de jours de souffrance et de nuits sans sommeils,
De repos agité, de sinistres réveils ;
Point de lois de rigueur, préventives, iniques ;
Point d'échafauds dressés sur les places publiques ;
Point de juges vendus aux fureurs des tyrans ;
Point de joie infernale à l'aspect des mourans ;
Point de sermens faussés, point de pouvoir parjure,
Point de gens soudoyés pour punir les murmures :
Chacun dans son réduit vivait en souverain,
Liberté que jamais connut le genre humain!

Cependant, c'était l'heure où l'aurore naissante
Etalait en rubis la vapeur bienfaisante
Dont chaque fleur se pare et nourrit son parfum,
Qui devient plus suave exhalé de son sein :
Tout sommeillait encor dans la nature entière.
Trotin, jeune raton à l'allure guerrière,
A l'œil vif et perçant, au cœur fait pour l'amour,
Avec sa jeune Uriz fuyait l'aube du jour.
Parmi des champs de fleurs émaillés de verdure,
Où la rose naissante étale sa parure,
Où l'humble violette aux regards indiscrets
Cache modestement ses timides attraits,
Ils avaient, le cœur plein d'une ardeur amoureuse,
Passé dans les plaisirs la nuit silencieuse ;
Le jour naissait à peine ; et dans l'obscurité,
Dérobant leur retraite, allaient en sûreté.
Côte à côte ils marchaient, et leur âme ingénue
De plaisirs et d'amour était encore émue,
Quand près d'eux, ô terreur! des hommes réunis,
De leur race bénigne éternels ennemis,

S'entretenaient ainsi, pleins d'une rage impie:
« Il faut, disait l'un d'eux, leur arracher la vie;
Cette race maudite a vécu trop long-temps.
— Ces rats qu'on souffre ici deviendraient nos tyrans,
Répartit un second d'une voix concentrée;
Déjà de nos maisons ils assiégent l'entrée.
C'est peu qu'en nos jardins, moissonnant tour à tour
Et les fleurs et les fruits qui naissent chaque jour,
Ils ravagent encor tout ce que la culture
Par des labeurs sans fin arrache à la nature.
En vain de nos moissons, pour sauver les débris,
Redoublons-nous d'efforts et les jours et les nuits:
Nos soins sont superflus, rien n'échappe à leur rage;
Jusque dans nos maisons tout est mis au pillage.
Que dis-je? en leur fureur, ces monstres dévorans
Vont jusques à ravir le pain de nos enfans!
Tolérer plus long-temps de telles injustices,
Serait de leurs forfaits nous rendre les complices;
Il faut ce même jour, par un éclat heureux,
Egorger, s'il se peut, jusqu'au dernier d'entr'eux.
— Les ordres sont donnés, dit un troisième encore.
Ces rats, qu'à juste titre on déteste, on abhorre,
Doivent tous succomber, rien ne les sauvera;
Notre vengeance est sûre, aucun n'échappera.
Déjà, loin de ces lieux, à grands frais on emmène
Ces cadavres sanglans que Paris nous amène,
Reste tout mutilé d'animaux dégoûtans,
Que l'homme ici dépèce en lambeaux palpitans,
Qui, tout saignans encor, sont offerts sans mesure
Aux chiens des environs d'exécrable pâture;
Et ces rats que nourrit cet infâme butin,
Quand il sera loin d'eux, périront par la faim.

Oh! qui croira jamais, dans des temps plus tranquilles,
Quand seront loin de nous nos discordes civiles;
Quand la raison sublime, éclairant les humains,
De sa baguette d'or tracera leurs chemins;
Quand l'éternel passé, nivelant toute chose,
A chacun de nos maux aura célé la cause,
Et qu'un soleil plus doux luira sur ces débris,
Qui voudra croire alors qu'aux portes de Paris
On ait pu supporter ce cloaque morbide
Dont l'odeur suffocante, insalubre, fétide,
Comme un poison mortel fait enfuir le passant?
Pour un peuple éclairé, spectacle avilissant!
Mais l'histoire dira qu'en ces temps de souffrance
Nos grands hommes d'Etat, l'élite de la France,
Occupés à détruire un grain de liberté,
N'avaient pas un moment pour la salubrité. »

Blottis parmi les fleurs, et le cœur plein de rage,
Trotin et son Uriz écoutaient ce langage:
Ils avaient tressailli, pleins d'indignation,
En découvrant contre eux la conjuration;
Mais ils ne pouvaient croire à tant de perfidie.
« On veut, se disaient-ils, nous arracher la vie!
On fait à notre espèce une guerre de mort,
Guerre sans loyauté, système du plus fort,
Système impie, affreux, que créa l'homme inique
Pour étendre sans fin son pouvoir tyrannique.
C'est ainsi qu'en ce jour on nous a proscrit tous,
Et c'est à notre mort que vise leur courroux.

« O Dieu! qui créas l'homme, on dit, à ton image;
Toi qui lui départit la force et le courage,

L'infatigable ardeur, l'audace, la fierté;
Et ces regards de feu si pleins de majesté,
Et ce noble génie, étincelle brillante
De ton divin flambeau, comme lui scintillante,
Qui d'un feu si parfait embrasas son cerveau,
Grand Dieu! qui rassemblas dans cet être si beau
Tant d'aimables vertus, de grandeurs magnanimes,
De nobles sentimens et de bontés sublimes,
Pourquoi de cet ouvrage, où brille ta splendeur,
As-tu permis au mal de corrompre le cœur?
Pourquoi l'homme sent-il, hélas! si jeune encore,
Du mal qui l'a séduit le trait qui le dévore?
Pourquoi le mal a-t-il des attraits si puissans,
Qu'il faut tant de vertu pour résister long-temps?
L'homme, à qui ta bonté mit tout en la puissance,
Ne peut-il donc du bien goûter la jouissance
Sans éprouver au mal un penchant odieux?
Est-ce pour le punir qu'il n'est jamais heureux?
La soif de dominer le domine lui-même;
Sans cesse tourmenté par un désir extrême,
Il n'est jamais content; et son dernier désir
S'engloutit dans le râle à son dernier soupir.

« Pous nous, Dieu de bonté! qui n'avons sur la terre
Nul réduit où cacher nos maux, notre misère;
Nous, que l'homme proscrit avant que d'être nés,
A d'éternels malheurs sommes-nous condamnés?
Partout on nous dispute une maigre pâture;
Que dis-je? on nous maudit dans toute la nature;
Et pourtant ici-bas, ainsi que les humains,
Nous sommes, ô mon Dieu! l'ouvrage de tes mains.
S'il est vrai, comme on dit, qu'à tout tu t'intéresse,

Pourquoi de maux sans nombre accabler notre espèce?
Sans doute tes desseins tu dois nous les cacher;
Mais des malheurs si grands n'ont-ils pu te toucher?
Que pouvons-nous, hélas! dans cette lutte ouverte
Contre l'homme acharné, conjurant notre perte,
Si ta bonté ne vient détourner sa fureur?
Un seul de ses regards nous imprime la peur;
Un seul de ses regards, comme un trait de lumière
Qui lance avec fracas la foudre et le tonnerre,
Nous glace de terreur, et, tout épouvantés,
Nous ne pensons qu'à fuir à pas précipités.
Est-ce donc là, grand Dieu! la loi de la nature,
Que le faible opprimé, chétive créature,
Doit souffrir sans se plaindre, étouffer ses douleurs,
Et fuir jusqu'aux regards de ses persécuteurs?
Sans se plaindre souffrir!... Oh non, c'est trop inique!
Bravons plutôt cent fois ce pouvoir tyrannique.
A la force brutale opposons la valeur:
La valeur, c'est la force à quiconque a du cœur!
Oui, tu m'inspires, Dieu! ce terrible langage;
La plainte n'appartient qu'à l'être sans courage;
On se fait respecter alors qu'on sait agir,
Et, quand le sort le veut, il faut savoir mourir. »

Plein de ces grands pensers, et relevant la tête,
Trotin voit d'un œil sec s'agiter la tempête;
Pour la première fois il contemple sans peur
Son ennemi mortel, trop souvent son vainqueur;
Dans ses regards altiers brille en vain son audace,
Il ne saurait trembler, et le regarde en face:
Mais l'attaquer dès lors serait être imprudent;
Il fuit, et vers les siens arrive au même instant.

II.

Quand naguère, en juillet, pour servir des vengeances,
D'un roi faible et dévot, d'infâmes ordonnances
Menaçaient d'engloutir ce peu de liberté
Qui pendant quarante ans nous avait tant coûté,
Chacun sentit en soi cette ardeur frénétique
Qu'on nomme *feu sacré, fureur patriotique ;*
Electrique flambeau dont l'auguste clarté
Projette mille feux aux cris de *liberté!*
Habite au fond du cœur, l'agite, le tourmente,
Comprime quelquefois sa flamme dévorante ;
Puis, quand l'heure a sonné, renversant à la fois
Les plus grands conquérans, les tyrans et les rois.

Mû par ce feu divin, chacun s'arme à l'envie,
Puis court, vole au combat y prodiguer sa vie ;
Vieillards, adolescens, chacun se fait soldat
Pour punir aussitôt cet insigne attentat.
Oh! qu'il faisait beau voir, sur nos places publiques,
Ces illustres gardiens de nos vertus civiques,
Intrépides guerriers, vieux soldats de seize ans,
Et ces vieillards, courbés sous le fardeau du temps,
Suivre l'homme viril, et, luttant de courage,
Se disputer entr'eux la mort et le carnage !
Couverts de sang et d'eau, rien n'arrête leurs coups ;
La mort, en les frappant, centuple leur courroux.
Tel un lion blessé, dans sa course rapide,
Punit, en l'atteignant, le chasseur intrépide ;
Tels ces fiers combattans, méprisant le danger,
Dans le sang ennemi brûlent de se venger.

Vivre libre ou mourir! est leur cri de courage;
Et qu'importe la vie où règne l'esclavage!
O Dieu! si le bonheur gît en la liberté,
Liberté, que de sang tu nous auras coûté!...

En vain, pour arrêter leur fureur menaçante,
On oppose l'armée; et l'armée impuissante,
Repoussée en tous lieux, fuyant de toutes parts,
Voit bientôt dispersés ses bataillons épars.
Tel un torrent fougueux, échappé des montagnes,
S'élance avec fracas jusqu'au sein des campagnes,
Sème partout l'effroi de ses flots écumeux,
Et poursuit en grondant son cours impétueux:
Ainsi, quand l'arbitraire a comblé la mesure;
Quand le peuple, lassé des tourmens qu'il endure,
Après un long sommeil par l'erreur agité,
Se réveille un beau jour au cri de *liberté*,
Son réveil est celui de sa force invincible;
Plus il fut opprimé, plus il devient terrible.
Alors, malheur à vous, tyrans du genre humain!
Malheur à vous aussi, despotes aux cent mains!
Vous tous qui, sans remords, l'accablez de misère,
Redoutez aujourd'hui sa trop juste colère!
En vain de toutes parts appelez au secours,
Remuez l'univers, et l'Eglise, et les cours,
Nul obstacle ne peut retarder sa justice;
Il faut du peuple-roi que l'œuvre s'accomplisse;
C'est l'immuable loi des destins éternels;
Rien ne peut en changer les décrets solennels.

Quand le peuple est debout, c'est la foudre qui gronde.
Malheur à qui le heurte en son œuvre féconde!

Comme un volcan en feu toujours près d'éclater,
Il s'irrite aussitôt qu'on veut lui résister;
Puis quand l'œuvre est finie, abdiquant sa puissance,
A d'autres la remet, et, plein de confiance,
Il croit en l'avenir, hélas! presqu'en tout temps:
Pauvre peuple! il ne fait que changer de tyrans.

C'est ainsi qu'indignés, chacun cria vengeance,
Quand Trotin leur apprit avec quelle arrogance
On menaçait leurs jours destinés au bonheur.
Jamais haine mortelle égala leur fureur.

A peine le sommeil avait clos leurs paupières,
Des plaisirs de la nuit les douceurs passagères
Se retraçaient encor à leurs sens éperdus
Comme un bien qu'à regret on ne possède plus.
D'un bonheur si parfait rien ne troublait les charmes,
Quand des rumeurs, des cris, de sinistres alarmes,
Enfans de la terreur, que le trouble grossit,
Poussés de toutes parts et dont l'air retentit,
Jettent dans ce réduit l'horreur et l'épouvante.
Il semble que la mort, terrible, menaçante,
Préside en traits de sang à cet affreux réveil.
Tel à Paris jadis, plongés dans le sommeil,
De malheureux Français, sous un roi fanatique,
Ou plutôt du pouvoir la sombre politique,
Les fit assassiner au milieu de la nuit:
Des fureurs des humains c'est l'exécrable fruit.

Cependant en tumulte on s'assemble, on s'agite,
Vers la place en grands bonds chacun se précipite.
La mort, le désespoir, la rage est dans les cœurs;

C'est un spectacle affreux, un tableau plein d'horreurs.
Le passé, le présent n'ont plus rien qui les touche ;
Dans leur âme ulcérée, un sentiment farouche
Leur présente partout la mort dans l'avenir,
La mort, ce sentiment terrible à définir!

Bientôt le désespoir ranimant leur courage,
Chacun d'eux veut mourir au milieu du carnage :
Le péril, à ce prix, leur paraît moins cruel.
Mais quel est cet accent sublime, solennel,
Qui des cœurs malheureux sait calmer la blessure?
C'est du vieux Thimotet la voix sensible et pure.
Il semble que le Ciel l'ait comblé de vertus,
Pour que l'homme rougît de n'en posséder plus.
« Vous voulez, leur dit-il, dans un noble langage,
Contre l'homme essayer votre mâle courage.
J'admire votre audace, en ces temps de fureurs,
Et votre désespoir, digne de nos malheurs.
Il vous faut aujourd'hui la mort ou la victoire :
Il est beau de mourir en se couvrant de gloire ;
Mais avant qu'avec eux vous en veniez aux mains,
Il faut tenter le cœur de ces lâches humains,
Leur peindre nos malheurs, et s'ils sont inflexibles,
S'ils persistent toujours à se souiller de crimes,
Sans plus attendre alors volons tous aux combats,
Vendons cher notre vie, et ne la donnons pas. »

A ce discours succède un sinistre silence,
Quand Trotin, d'un pas ferme, au milieu d'eux s'avance.
« Vous avez entendu, dit-il avec fierté,
Ce qu'a dit ce vieillard justement respecté.
Des plus nobles vertus je sais qu'il est l'emblême,

Mais son cœur vous abuse et le trompe lui-même ;
C'est votre déshonneur qu'il vient de proposer.
A cet excès de honte il faut vous opposer.
Qui s'abaisse à prier décèle sa faiblesse.
Plutôt cent fois la mort qu'une indigne bassesse !
Sachez braver l'orgueil de ces lâches tyrans ;
Ils deviendront petits si vous êtes plus grands.
N'espérez pas ici que la douleur les touche ;
La pitié n'entre pas dans leur âme farouche,
L'intérêt seul les guide, et jamais le remords
N'émeut leur conscience en vous donnant la mort.
Une joie infernale à leurs crimes préside ;
Et pour légitimer leur fureur êtricide,
Si vous les en croyez, ces lâches ennemis,
Il n'est pas de forfait que vous n'ayez commis.
Le seul fait de chercher une ingrate pâture,
Est un crime inoui révoltant la nature,
Crime qu'il faut surtout se hâter de punir,
Pour en faire un exemple et pour le prévenir.
C'est ainsi qu'à leur gré torturant la justice,
Pour eux tout est vertu, pour nous c'est crime ou vice ;
Cette infâme tactique en usage chez eux,
Est un piége où sans cesse est pris le malheureux.
Mais il faut qu'aujourd'hui je vous fasse connaître
Les mœurs de ces humains, si peu dignes de l'être ;
Peut-être serez-vous, quand vous les connaîtrez,
A leur demander grâce un peu moins préparés. »

III.

« Vous jugez les humains selon votre franchise,
Vous croyez qu'ils sont francs, et que la foi promise
Est un lien sacré sans cesse respecté;
Qu'on peut croire en tout temps à leur sincérité;
Vous croyez qu'ils sont bons, généreux, magnanimes,
Que dans leurs passions des bornes légitimes
Sont un obstacle vrai qu'ils ne sauraient franchir;
Que rien de leurs devoirs ne peut les affranchir;
Que la loi toujours une, et pour tous fabriquée,
Ne fut jamais en vain par le faible invoquée;
Que dans un droit commun, sagement limité,
Chacun puise en tous lieux la même liberté;
Vous croyez que chez eux la loi de la nature,
La loi gravée au cœur de toute créature,
Que le faible caresse en sa débilité,
Et qui prescrit à tous la même égalité,
Est une loi sacrée, infaillible, immuable,
Qui rend l'homme envers l'homme indulgent, équitable;
Vous croyez que chez eux le seul bonheur commun
Fait le bonheur de tous! Eh bien, il n'en est rien:
Tel le poison déchire, et plus subtile encore,
L'égoïsme, en tout temps, les ronge, les dévore;
Ce cruel sentiment, qui ne peut rien souffrir,
Rend l'homme insatiable; et pour tout envahir
Tous moyens lui sont bons, pourvu qu'il réussisse.
Il fait taire en tout cœur l'amour de la justice,
L'amour du bien public; l'honneur, ce même honneur
Qu'il vante à tout propos, est un mot sans valeur.
Posséder est son but, rien ne peut l'en distraire;

C'est l'image adorée, ineffable chimère
Que l'obstacle embellit, et qui s'offre en tous lieux,
Toujours plus séduisante en fascinant ses yeux.

« Vous pressentez déjà que chez eux l'injustice,
L'orgueil, l'ambition, les soupçons, l'artifice,
Doivent le plus souvent tenir lieu d'équité,
Et surtout menacer parfois la liberté.
Eh bien, que direz-vous, si je vous fais connaître
Qu'il est chez eux des gens plus malheureux peut-être
Que ne le sont ici les derniers d'entre vous?
Le bonheur ici-bas n'est pas égal pour tous.
Les biens que la nature avec tant d'art dispose,
Et dont l'homme jouit sans en chercher la cause,
Ne sont pas répartis avec égalité
Parmi ce corps social qu'on nomme humanité.
Il en est que, chez eux, la misère profonde
Ferait douter parfois qu'ils sont aussi du monde,
De ce monde si beau dont l'ensemble éblouit,
Mais qui, pris au détail, épouvante l'esprit.
Tandis que pleins d'orgueil et vains de leur puissance,
D'autres, sans nul effort, nagent dans l'abondance.
La nature à ceux-ci prodigue ses bienfaits,
Pour eux aucun désir qui ne soit satisfait,
Pour eux tous les plaisirs, tous les biens de la terre,
Pour eux les superflux, aux pauvres la misère.
Aussi pleins d'arrogance, et d'eux-mêmes épris,
Pour les autres ils n'ont qu'un insultant mépris.

Cette loi fait entre eux naître la jalousie.
Chacun à son voisin jette un regard d'envie;
Et n'est-il pas heureux dans sa position,

Il regarde plus haut, et son ambition
Lui découvre aussitôt, au-dessus de sa sphère,
Ce bonheur qu'il poursuit, cette aimable chimère,
Objet de tous ses vœux, seul but de son désir,
Seul but qu'il veut atteindre ; et pour y parvenir,
Ses plus doux sentimens, son repos sacrifie,
De tourmens, de soucis empoisonne sa vie ;
Et quand il y parvient, après tant de labeur,
Il saisit le fantôme, et n'a point le bonheur.
Son désir satisfait vers d'autres biens s'élance,
Et lui laisse en fuyant au cœur un vide immense ;
Il faut pour le remplir de nouveau tout tenter.
Mais il n'est rien qu'alors il n'ose convoiter ;
Fier d'un premier succès, il va tout entreprendre ;
Jusqu'au pouvoir suprême il osera prétendre.
Il sait que pour marcher dans ce chemin glissant,
La fortune et l'audace ont un charme puissant,
Que l'un corrompt les cœurs et que l'autre en impose,
Que pour gagner son but, il suffit que l'on ose.
Pour vaincre tout obstacle il devient intrigant,
Il se fait tout petit pour devenir plus grand.
Tantôt vil et rampant, tantôt fier et superbe,
C'est l'aigle audacieux ou le serpent sous l'herbe ;
Subordonné sans cesse aux caprices du sort,
Il fait pour s'élever un incessant effort.

« Cette vie agitée à tous leur est commune,
Tous volent au pouvoir ou cherchent la fortune ;
Ces deux puissans moteurs de leurs ambitions
Font naître en ces humains d'ardentes passions,
Dont chacun de ses droits dépassant la limite,
De ses moindres vertus exaltant le mérite,

Plein d'un orgueil jaloux injuste en son désir,
A son intérêt seul voudrait tout asservir.
De là ce grand conflit de passions froissées,
De soudaines grandeurs qu'un souffle a renversées,
De débats scandaleux, de mécomptes sanglans,
De projets avortés sans cesse renaissans;
De là tant de forfaits, de noires perfidies,
De sermens parjurés, tant de palinodies,
De promesses sans foi, de lâches trahisons,
De crimes détestés cachés sous de grands noms;
De là l'hypocrisie, odieuse menée
Pour souiller la vertu dans la fange entraînée;
De là l'intrigue alerte et le vice éhonté;
Le courtisan qui plie et le maître effronté;
De là ces vanités qu'un instant voit éclore
Et que l'instant qui suit à peine trouve encore,
Tant l'instabilité des choses d'ici-bas
Fait mouvoir de ressorts qu'on ne soupçonne pas!
Dans ce conflit immense où tout se précipite,
L'âme à peine suffit au trouble qui l'agite!

« Que vous dirai-je encor? C'est surtout à la cour
Que tant de passions se heurtent chaque jour,
Car c'est là le grand but où chacun vient se rendre
Pour étaler ses droits, pour demander et prendre;
Cette cour, ou plutôt ce pouvoir souverain,
Pouvoir formé de trois, mais dont la haute main
Parfois selon ses vœux fait pencher la balance,
Etale à tous les yeux l'orgueuil de sa puissance.
Cet astre environné d'un prestige trompeur,
Fascine les esprits par sa vaine splendeur;
Distribue à chacun des honneurs, des richesses,

Non selon ses vertus, mais selon ses bassesses,
Car il faut pour jouir du plus ignoble don,
De ses droits les plus chers faire abnégation;
Prendre de la louange une douce habitude,
Louer, toujours louer, pour prix de sa fortune,
Ce pouvoir ombrageux, gonflé de vanité,
Par ses adulateurs imprudemment flatté *.

« Cependant en dehors de ces hommes de boue
Que le pouvoir achète, et plus souvent qu'il loue,
Selon que le besoin lui en fait une loi,
De ces hommes perdus, sans honneur et sans foi,
Qui trafiquent de tout et pour qui rien importe,
Il en est quelques-uns d'une tremple plus forte,
Dont l'âme libre et fière et l'œil scrutateur,
Dans le sein du pouvoir implantent la torpeur.

« Ces hommes, peu nombreux mais toujours inflexibles,
A la corruption ne sont point accessibles;
Sévères dans leurs droits, autant qu'en leur devoir,
On ne les voit jamais encenser le pouvoir;
Contre sa tyrannie usant de leur puissance,
Ils trompent ses desseins, compriment sa licence,
De ses plus noirs projets sondent la profondeur,
Arrachent sans pitié le voile de l'erreur

* Tout ce qui est dit dans le cours de cet ouvrage contre le pouvoir, ne s'adresse pas spécialement au ministère actuel, mais à tous les ministres qui se sont succédés depuis 1830, et qui plus ou moins ont compromis la liberté et l'honneur national. Le cabinet actuel est peut-être celui qui doit en prendre la moindre part, abstraction faite de l'avenir, bien entendu.

Qui cache aux yeux de tous son infâme artifice,
Et contre lui du peuple invoquent la justice.

« Oh! si des libertés, ces nobles protecteurs,
Méprisent du pouvoir les appâts corrupteurs,
Ce n'est pas qu'ils sont mus par un autre égoïsme ;
Le seul bonheur pour eux est leur patriotisme ;
L'amour du bien public, l'honneur de leur pays,
Mais l'honneur juste et vrai dont la gloire est le prix,
Voilà quel est leur but, le seul qu'ils se proposent :
Avec le déshonneur jamais ils ne composent.
Mais qu'on en trouve peu de ces hommes si grands,
De ces hommes pétris de tant de dévouement,
Qui savent préférer le bien de la patrie,
Et lui sacrifier leur fortune et leur vie!
Il en est quelques-uns dans chaque nation :
Le peuple les révère avec dévotion ;
Car en eux il a foi, car dans son espérance
Jamais il n'ont un jour trompé sa confiance ;
Et de quelque péril qu'on menace leurs jours,
Pour défendre ses droits il les trouve toujours,
Toujours debouts, luttant contre la tyrannie,
Défiant les dangers, la fortune et l'envie.
Mais combien de dégoût viennent les assiéger!
A peine en cette arène on les voit s'engager,
Que de vils courtisans, par de basses intrigues,
Et des ambitieux par d'incessantes brigues,
Pour soutenir contre eux un pouvoir compromis,
Les accusent des maux que lui seul a commis.

Ce n'est pas tout encor. Des guerres intestines,
De partis mécontens décèlent les doctrines ;

Et chacun tour à tour, voulant seul triompher,
Trompe ses ennemis pour mieux les étouffer ;
Puis descend l'arme au poing dans la place publique,
Pour imposer à tous sa fureur despotique,
Engage sans frémir de ces combats sanglans,
Où l'homme avec horreur massacre ses enfans,
Où le frère devient l'assassin de son frère,
Où le fils forcené foule aux pieds son vieux père,
Où la mère éplorée, à chacun des partis,
En maudissant le jour, réclame un de ses fils.
Exécrable fureur des passions humaines,
Qui d'aucun sentiment ne respecte les chaînes,
Qui du corps social, jusqu'en leurs fondemens,
Fait un contact affreux de tous les élémens!

« Ainsi, vous le voyez, si rien ne les arrête,
Et si toujours entre eux ils sont en guerre ouverte,
Vous, que nul intérêt ne leur parle pour vous,
Prétendrez-vous encor détourner leur courroux?
Qnand, pour vous égorger, innecentes victimes,
Ils ne redoutent pas de vous charger de crimes,
Irez-vous à leurs pieds mendier un pardon,
Accepter des forfaits et souiller votre nom ?
Non, méprisez plutôt cette race ennemie,
Et courez à la mort, non pas à l'infamie. »

IV.

Une sourde rumeur succède à ce langage,
Et puis des cris de mort, de guerre, de carnage,
Indicible transport d'un affreux désespoir,
Qui jusqu'au fond du cœur fait vibrer son pouvoir,
De leurs sombres palais font retentir les voûtes.
Déjà de leurs Etats les innombrables routes
Sont couvertes partout de guerriers pleins d'ardeur;
Mais une voix encor comprime leur fureur.
Cette voix, noble et belle, est celle d'Artiface :
« Compagnons, leur dit-il, suspendez votre audace,
N'allez pas aujourd'hui, précipitant vos coups,
Forcer vos ennemis à sévir contre vous.
Je sais que de tout temps leur humeur despotique,
Excita contre nous leur fureur tyrannique,
Et que ce même jour, pour plutôt en finir,
Ils ont tous fait serment de nous anéantir.
Mais l'exécution de ce projet infâme
Est encore un problême, et dans le fond de l'âme
Ils craignent de hâter cette solution.
Ils redoutent sans cesse une collision,
Dont les faits désastreux, toujours inévitables,
Feraient fondre sur eux des maux incalculables.

« Sans doute ils voudraient voir disparaître aujourd'hui
Jusques à notre nom, confondu dans l'oubli.
Eux qui ne sont encor qu'un vil amas d'esclaves
Se débattant sans cesse au milieu des entraves,
Ils ne peuvent souffrir sans honte et sans dépit,
Un Etat où près d'eux la liberté fleurit.

Mais pour nous renverser ils auraient trop à faire ;
Ils ne sont plus au temps où, maîtres de la terre,
Ils voyaient devant eux les peuples et les rois
Courber un front docile en acceptant leurs lois.
Alors c'était pour eux de beaux temps de victoire,
Et de leurs bataillons, où refluait la gloire,
Où le moindre soldat égalait un héros,
Chacun avec transport saluait les drapeaux.
On vit même en leurs mains, de leur gloire étonnées,
Un jour les nations mettre leurs destinées,
Tant leur valeur féconde en belles actions
Avait dans l'univers fait admirer leurs noms.
Mais ce temps là n'est plus ; un destin moins prospère
A suspendu chez eux les foudres de la guerre,
Et ces fiers conquérans, maîtres de l'univers,
Dont la gloire éclata par tant de faits divers,
Maintenant endormis dans une paix profonde,
Semblent former à peine un petit coin du monde.
Que dis-je ? leur valeur n'est plus même en renom,
A leur audace altière on a mis un bâillon ;
Et tel est le pouvoir qui chez eux les gouverne,
Chaque jour en tous lieux on le joue, on le berne,
Sans qu'aucun sentiment ne trouble ses esprits ;
Son bonheur est placé dans la paix à tous prix. »

Comme il disait ces mots, de nombreuses cohortes
Qu'agite la terreur se pressent vers les portes.
« Cessez, cria l'un d'eux, cessez de discourir ;
La guerre est commencée, il nous faut tous agir.
Suivez-nous au combat, c'est l'honneur qui l'ordonne ;
Et si de toutes parts la mort nous environne,
Eh bien ! mourons sans peur, mourons en combattant ;

C'est la mort des héros, la gloire nous attend ! »
Ainsi parla Trotin dans ce moment extrême,
Car c'était lui. Guidé par son instinct suprême ;
Il venait d'oberver le sombre mouvement
Que faisait l'ennemi dans ce dernier moment.

Chacun suit son exemple, et sa voix les enflamme ;
Sa voix a fait passer son audace en leur âme ;
Leur crainte est dissipée, un plus noble transport
Les entraîne au combat en méprisant la mort.
Le vieux Thimotet même, à cette heure éternelle,
Dans son cœur indigné trouve une ardeur nouvelle ;
Le premier à leur tête il veut guider leurs pas ;
Il est heureux s'il meurt au milieu des combats.

Cependant, un projet roule encor dans sa tête ;
Il veut l'exécuter, et, tandis qu'on s'apprête,
Il cherche du regard le jeune et blond Tilleux.
Il le voit, et lui dit d'un ton affectueux :
« O vous dont la beauté, l'orgueil de votre mère,
Vous dont l'âme candide à tous nous est si chère !
Allez vers ces humains, plaidez au nom de tous ;
Peut-être votre aspect calmera leur courroux.
Demandez à parler à leur souverain maître ;
Et puisqu'ils en ont un, c'est à lui de connaître
Ce que font, en son nom, ses ministres pervers.
Dites que leurs forfaits, connus de l'univers,
Malgré tous leurs efforts, souilleront leur histoire ;
Que l'on dira partout, en parlant de leur gloire :
« Ces Français, qui naguère ont conquis tant d'États,
« Ne sont bons maintenant que pour tuer des rats. »
Puis ajoutez : « Il est des gloires plus brillantes,

« Plus dignes d'occuper vos âmes turbulentes ;
« Vous pouvez les saisir, les chemins sont ouverts.
« Réveillez-vous, debout regardez l'univers.
« Voyez ! Vers l'avenir quand tout se précipite ;
« Quand tout, dans le présent, se débat et s'agite,
« Brisant le fil usé qui le retient encor,
« Vers un point plus parfait cherche à prendre l'essor ;
« Quand chaque nation, oppressée en sa sphère,
« Pour respirer un peu levant sa tête altière,
« Sent un feu dévorant sur son front dégagé,
« Puis, foulant d'un pied mâle un frein qu'elle a rongé,
« Vers un destin plus doux avec transport s'élance,
« Comme l'enfant bondit quand un beau jour commence ;
« Enfin quand, pour sortir d'un présent odieux,
« Les peuples réunis jettent sur vous les yeux,
« Qu'ils cherchent à sonder vos secrètes pensées,
« Qu'ils accueillent l'espoir dans leurs âmes oppressées,
« Pour les guider alors, dans ce nouveau chemin,
« Leur refuserez-vous l'appui de votre main ?
« Souffrirez-vous toujours que le patriotisme
« Succombe sous les coups d'un hideux despotisme
« Qui bientôt sous vos yeux, de ses succès tout fier,
« Etalera son faste et son sceptre de fer ?
« Oh ! non ; soyez plus grands. Le monde vous contemple,
« Le monde tout entier vous a pris pour exemple.
« Des peuples soutenez les généreux efforts ;
« Approuvez leur courage, ils seront assez forts.
« Offrez-leur le tribut de votre expérience ;
« Que chacun de leurs pas dans cette route immense,
« Pour atteindre ce but qui vous a tant coûté,
« Par aucun embarras ne soit plus arrêté.
« Mais ce noble destin, cette gloire si belle,

« Français, n'est pas la seule où l'honneur vous appelle ;
« Il est d'autres sujets non moins dignes de vous :
« L'esclave, loin d'ici, réclame un sort plus doux.
« L'esclave!... Ah! sentez-vous tout ce que la nature
« A ce mot odieux éprouve de torture?
« Sentez-vous quelquefois, à l'aspect du malheur,
« Ce frisson si poignant qui vous crispe le cœur,
« Ce transport généreux, cette fièvre brûlante
« Qui vous jette dans l'âme une ardeur virulente?
« Avez-vous éprouvé cette convulsion?
« Vous frémissez, Français! eh bien! écoutez donc.

« Voyez-vous, sous les feux d'un soleil qui dévore,
« Ces peuples malheureux, ces peuples qu'on abhorre?
« Regardez : voyez-vous ces cadavres vivans,
« Ces hommes sans vigueur, caducs avant le temps,
« Ces enfans languissans, ces mères avilies,
« Ces vierges sans pudeur, dès l'aurore flétries,
« Confondus pêle-mêle et de coups mutilés,
« Comme la brute ignoble enchaînés, muselés?
« Eh bien, c'est là l'esclave!... Oh! regardez encore:
« Voyez-vous ces guérets qu'un ciel ardent colore,
« Ces savannes en feu, ces longs champs de labeur,
« Arrosés chaque jour de sang et de sueur?
« Voyez-vous ces gardiens, ces tigres inflexibles,
« Ces maîtres sans pitié, dont les regards terribles
« Sur ces peuples soumis ne glissent qu'en tyrans?
« Voyez-vous, à côté de ces palais charmans
« Où se déploie au long la vanité du maître,
« Ces cases où vos chiens étoufferaient peut-être?
« Eh bien, c'est l'esclavage!... Oui, c'est dans ces enfers
« Que des peuples entiers gémissent dans les fers,

« Croupissent dans la fange et maudissent la vie,
« Dont le cours n'est pour eux qu'une infâme agonie!
« Oh! qu'elle est dure et longue! et combien ses transports
« Surpassent en rigueur les plus terribles morts!
« Pas un jour de bonheur, pas un moment de joie
« Où la vie est si belle, où l'âme se déploie!
« Les chaînes du passé sont celles du présent;
« L'avenir est pour eux l'image du néant;
« Le déclin d'un beau jour, l'aspect de la nature,
« Le doux chant des oiseaux, le bruit d'une onde pure,
« Sont pour eux sans attraits, rien ne touche leurs cœurs;
« Tout leur est insensible, excepté les douleurs.
« Les douleurs! sur leurs traits elles sont toujours peintes.
« Mais ce bruit..... Ecoutez, écoutez donc ces plaintes...
« Entendez-vous ces cris, ces longs gémissemens,
« Ces sanglots étouffés au milieu des tourmens?
« Ah! c'est l'esclave encor, l'esclave qu'on châtie!
« Le malheureux! peut-être il va perdre la vie...
« Français, à leur fureur, quoi! vous l'abandonnez!....
« Barbares! c'est un homme, et vous l'assassinez!
« Et vous applaudissez aux horribles tortures
« Qu'il souffre par votre ordre, infâmes créatures!...
« Vous, dont l'âme s'enivre aux plaintes d'un mourant,
« De la brute féroce avez-vous bu le sang?
« Quel forfait contre vous a commis la victime?
« Aimer la liberté, ce fut là tout son crime.
« Aimer la liberté!... Français, entendez-vous?
« Ce crime, s'il est un, vous l'avez commis tous.
« Est-il donc, en la vie, une seule souffrance
« Qui ne devînt le prix de votre indépendance?
« Et pour vous conserver ce bien si précieux,
« Que vous prenez de soins! que d'efforts généreux!

« Mais il devait mourir, c'était là son partage ;
« Les chaînes ou la mort!... Brisez donc l'esclavage ;
« A l'esclave avili rendez la dignité ;
« Tout peuple, sous vos lois, doit vivre en liberté.

« N'attendez pas qu'un jour on dise à votre honte :
« Ces Français si vaillans, qu'aucun revers ne dompte,
« Mesquins dans leur grandeur, et pourtant toujours fiers,
« Des esclaves chez eux n'ont su rompre les fers!
« Eux que l'indépendance embrasa par ses charmes,
« Qui pour elle ont porté la terreur de leurs armes
« Jusqu'au fond des déserts, et du monde inconnu
« Où le bruit de leur nom plein de gloire est venu ;
« Eux qui n'ont pu souffrir du maître de la terre,
« Malgré tous ses hauts faits, l'humeur un peu sévère ;
« Qui chez vingt nations, dans leur prospérité,
« Ont semé la lumière avec la liberté ;
« Eux dont l'âme se câbre au nom de *tyrannie!*
« Comment trouver la clef de cette anomalie?
« Verraient-ils dans l'esclave un peuple indigne d'eux?
« Ah! ne méritez pas ce reproche honteux!
« Si toujours l'esclavage outragea la nature,
« C'est à vous d'en laver l'infamante souillure,
« Dont l'aspect, trop long-temps, ternit l'humanité ;
« Et ce devoir, l'honneur l'a pour vous accepté.
« Peut-être il vous est dû de restaurer le monde ;
« Commencez vos travaux par cette œuvre féconde ;
« Soyez Français et grands dans toute occasion,
« Et ne trahissez pas l'honneur de votre nom. »

« Ainsi vous parlerez à ces Français terribles,
Et pour vous écouter ils seront accessibles ;

Malgré le rôle honteux que subit leur vertu,
Qui leur parle de gloire est sûr d'être entendu.
Déployez auprès d'eux votre jeune éloquence:
Allez, Dieu vous protége, il bénit l'innocence. »

Tilleux part aussitôt. Un chemin tortueux
Dérobe quelque temps ses pas aventureux;
Mais à peine sorti de cette route sûre,
A peine il s'est glissé sur la pâle verdure,
Qu'il tombe sous les coups d'un farouche assaillant,
Sans pouvoir expliquer son message important.
Cet insigne attentat aux règles de la guerre,
De ses fiers compagnons redouble la colère;
Ils jurent de venger leur frère assassiné.
Un combat général est sur l'heure ordonné.
La haine et la vengeance excitant leur courage,
Ils s'élancent en foule au milieu du carnage:
La mort les suit de près dans ce combat sanglant;
Chacun la voit, l'appelle, et meurt en combattant.
Mourir pour son pays, c'est mourir pour la gloire;
Cette mort, à leurs yeux, illustre leur mémoire:
Aussi, pas un soupir, pas un geste de peur,
D'une si belle fin ne vient troubler l'honneur.

O sublime vertu! soutien des belles âmes,
Patriotique élan, tes immortelles flammes
Enchaînent donc les cœurs réunis sous ta loi!
Quel immense ascendant! et quelle sainte foi
Leur fait chercher la mort et mépriser la vie!
Quelle ardeur de mourir! Mourir pour sa patrie,
Oh! c'est là qu'est la gloire! Oui, c'est dans ce transport
Que l'immortalité commence avec la mort.

C'est ce grand sentiment qui rend l'âme indomptable,
Qui soutient le soldat et le rend formidable ;
C'est lui qui du Français, dans les champs de l'honneur,
Pour vaincre l'ennemi, centuple la valeur,
Fait bouillonner son sang, palpiter ses entrailles,
L'emporte furieux jusqu'au sein des mitrailles.
C'est lui qui fit tomber ces rats infortunés
Sous les coups d'ennemis à leur perte acharnés.
Paisibles dans leurs champs, ils chérissaient la vie ;
Par-dessus tout encor ils aimaient leur patrie ;
Et préférant mourir que perdre un bien si doux,
La mort aux dents d'acier les a dévorés tous !

ÉPILOGUE.

Si j'ai blessé quelqu'un dans cet écrit futile,
Ce n'est point par esprit indignement servile
De partis mécontens, de tout prenant souci;
J'abhorre les partis. Mes désirs, les voici:

Jaloux de son honneur, jaloux de sa puissance,
De son bonheur surtout, je voudrais que la France
Ne renferme en son sein que des hommes soumis
A l'intérêt de tous, et jamais ennemis;
Que vivant tous unis, comme feraient des frères,
Ils aiment cette France à l'égal de leur mère,
Et ne souffrent jamais qu'on l'insulte en son droit,
En son honneur surtout, au mépris de sa voix.

Ainsi, quand de l'Europe on brise l'équilibre,
Que depuis la Newa jusqu'aux sources du Tibre
On s'agite sans cesse, on fomente en tous lieux
Des troubles incessans, des complots odieux,
Pour servir des projets de haine, de vengeance;
Quand on agit dans l'ombre en-dehors de la France,
Qu'on la méprise assez pour braver son pouvoir,
Que l'Anglais du Sarmate alimente l'espoir,

Comment qualifier cette insigne arrogance?
Répondez, ô Français! vous qui sentez l'offense.....

Quoi! tous ces rois ligués dans leur inimitié
La traitent en esclave!... Ah, c'est vraiment pitié!
Ont-ils donc oublié, ces Typhons d'épouvante,
Qu'elle a régné sur eux en reine triomphante?
Qu'en maîtresse du monde elle a dicté des lois
A l'univers entier, aux empereurs et rois?...

Ils osent menacer!... Comprend-on cette audace?
Ne méritent-ils pas qu'on leur crache à la face,
Ces lâches fanfarons, qui n'attaquent jamais
Avant d'être assurés de vingt contre un Français!!!...

Eh bien! nous l'acceptons; ce défi nous honore.
Français! l'heure est sonnée, il faut combattre encore,
Et, puisqu'on vous provoque, il faut vaincre et punir:
L'honneur est engagé, tout Français doit agir.
Fatigués de repos, courez à la victoire!
Il est temps, en effet, de vous couvrir de gloire,
Et d'apprendre à ces rois, vains et présomptueux,
A respecter l'honneur de la France en tous lieux.

FIN

www.ingramcontent.com/pod-product-compliance
Ingram Content Group UK Ltd.
Pitfield, Milton Keynes, MK11 3LW, UK
UKHW020217180726
13838UKWH00005B/2036